THÉATRE DU FOU RIRE

Pièces, Vaudevilles, Comédies, Bouffonneries

GEORGIUS

A L'ANTIQUE !

COMÉDIE-BOUFFE EN UN ACTE

2 H. 2 F.

Net : 2 fr.

PARIS

Marcel LABBÉ, Editeur

20, Rue du Croissant, PARIS

A L'ANTIQUE

Théâtre du Fou-Rire

Comédies bouffes, Vaudevilles en 1 et 2 Actes de

GEORGIUS

le célèbre fantaisiste populaire

Ma femme lit trop de romans. (2 H. 1 F.). Comédie en 1 acte. *Société Dramatique.*

A l'antique ! (2 H. 2 F.). Comédie en 1 acte. *Société Dramatique.*

Voulez-vous faire du Café-Concert ? (3 H. 1 F.) Bouffonnerie, mêlée de couplets, en 1 acte. *Société Lyrique.*

Ne fais donc pas d'l'œil... je t'en prie. (3 H. 1 F.). Comédie, mêlée de couplets, en 1 acte. *Société Lyrique.*

L'heure de la Sieste. (3 H. 3 F.). Comédie en 1 acte. *Société Lyrique.*

Les Bedides Affaires de Moïse Pafgarten. (3 H. 1 F.). Comédie en 1 acte. *Société Dramatique.*

Muerta la vacca ! Pièce espagnole en 2 actes 3 tableaux. *Société Dramatique.*

L'Étrange disparition de M. Pouett. (4 H. 2 F.). Pièce policière en 2 actes 3 tableaux. *Société Dramatique.*

La Pucelle de la rue Vandamme. (4 H. 3 F.). Drame comique en 2 actes 3 tableaux. *Société Dramatique.*

J'ai oublié mon corset dans le taxi. (4 H. 3 F.). Comédie en 1 acte. *Société Dramatique.*

Le fils de Madame Tango. (4 H. 3 F.). Vaudeville bouffe, mêlé de couplets, en 1 acte. *Société Dramatique.*

L'Aventure du Mousquetaire Sibremol. (5 H. 4 F.). Vaudeville de cape et d'épée avec chant 2 actes. *Société des Auteurs Dramatiques.*

A L'ANTIQUE

AVIS IMPORTANT

1° Les Auteurs et l'Editeur de cet ouvrage se réservent tous droits d'exécution publique, de copie, de traduction et d'arrangement, conformément aux lois françaises et aux traités internationaux. Il est rappelé à MM. les Directeurs que les traités passés par eux avec la Société des Auteurs et Compositeurs Dramatiques ne les affranchissent pas de l'obligation de traiter avec l'Editeur Marcel LABBÉ pour le matériel musical.

2° Les Directeurs de Paris, de Province ou de l'Etranger ne peuvent représenter cet ouvrage que s'ils ont un traité avec la Société des Auteurs et Compositeurs Dramatiques dont le siège est : 12, rue Henner, Paris.

GEORGIUS

A L'ANTIQUE !

COMÉDIE-BOUFFE EN UN ACTE

PERSONNAGES :

Oscar LAFIQUE	30 ans	GEORGIUS.
BRINÈS	Ces 3 rôles peuvent être tenus par le même artiste.	
L'Employé de chez Dufayel.		
Le Plombier		ZECCA.
ANNE		R. DEMOUSSY.
MOUCHETTE	Ces 3 rôles peuvent être tenus par la même artiste	
La Télégraphiste		
La Blanchisseuse		Marcelle MISKY.

Représentée pour la 1re fois le 14 Août 1918
à la Gaité Montparnasse

Répertoire de la Société des Auteurs Dramatiques : 12, rue Henner

DÉCOR : Une Chambre élégante

Au milieu : *un lit*. Dans un coin : *une table de toilette avec service et flacons divers, un vase avec quelques fleurs naturelles.* Près du lit : *la table de nuit. Chaises. Fauteuils.*

INDICATIONS GÉNÉRALES

Oscar Lafigue. Type de niais qui se croit malin ; blond fadasse ; a mis son plus beau complet pour la circonstance.

Anne. Grande sentimentale ; brune ; robe de foulard, grandes bottes, chapeau avec voilette épaisse qu'elle retire de suite en entrant.

Les autres types : classiques.

Le plombier. Moustaches sales, face rouge. Parlé gras. Vêtu d'une salopette bleue.

L'employé de Dufayel. Veston noir, casquette ; le stylo bien apparent.

La télégraphiste. Blouse noire, ceinture de cuir, casquette.

La blanchisseuse. Blouse blanche ; en cheveux.

Mouchette. Manteau de voyage ; chapeau ; valises à la main.

Brinès. Complet de ville, quelconque.

GEORGIUS

A L'ANTIQUE !

SCÈNE I

Au lever du rideau, Brinès est assis dans un fauteuil. Il parcourt son journal. Un léger temps, puis on frappe.

BRINÈS, *sans lever les yeux.*

Entrez...

Un autre temps, puis on frappe plus fort

BRINÈS, *criant.*

Entrez...

OSCAR LAFIGUE, *passe la tête. Un large sourire épanouit sa face.*

C'est moi !

BRINÈS, *levant la tête.*

Ah! par exemple! (*Il se lève*) Qu'est-ce qui t'amène, mon vieil Oscar ?

OSCAR LAFIGUE

L'autobus !...

BRINÈS, *souriant.*

Je sais, mais enfin...

OSCAR, *se débarrassant de son chapeau.*

J'ai à te parler sérieusement.

BRINÈS, *inquiet.*

Sérieusement ?

OSCAR

Rassure-toi, je ne viens pas te taper.

BRINÈS, *vivement.*

Tu sais que si ce n'était que cela...

OSCAR, *lui coupant la parole.*

Oui, je sais. Tu m'as rendu quelques services, de même que je t'ai été utile dans maintes occasions. Nous sommes deux vieux amis comme, je crois, il n'en existe plus depuis Oreste et Pylade. Oui, nous sommes tout dévoués l'un à l'autre et c'est ce qui m'encourage à venir te demander un nouveau service.

BRINÈS

Il était inutile, mon cher Oscar, de me rappeler notre vieille camaraderie et nos mutuelles obligations. Va droit au but, je t'écoute. Que veux-tu ?

OSCAR

Assieds-toi, tu vas être renversé.

BRINÈS, *souriant et s'asseyant.*

C'est grave, à ce point?

OSCAR, *posément.*

Voilà. Il faut que tu prennes ton chapeau, ta canne, tes gants et que tu ailles faire un tour jusqu'à ce soir.

BRINÈS

Tu as une course à me faire faire ?

OSCAR

Tu ne m'as pas compris. Il faut que tu débarrasses le plancher et que tu me laisses le maître des lieux jusqu'à ce soir six heures. Autrement dit : prête-moi ta chambre et fous le camp !

BRINÈS, *riant.*

Tu en as de bonnes ! *(Se levant)* Mais, s'il n'y a que ça, c'est accordé.

OSCAR, *lui serrant la main.*

Merci. Je savais bien...

BRINÈS

J'espère, toutefois, que tu m'expliqueras...

OSCAR, *mystérieusement.*

J'ai une aventure.

BRINÈS

D'amour ?

OSCAR

Bien entendu.

BRINÈS

Tu es toujours le même.

OSCAR, *s'emballant.*

Cette fois, mon cher Brinès, je crois bien que c'est la grande passion.

BRINÈS

Tu dis ça chaque fois !

OSCAR

Parce que c'est vrai.

BRINÈS

Alors, tu as toujours des grandes passions ?

OSCAR

Bien sûr. Des grandes passions avec des grandes étreintes, puis ensuite des grandes disputes suivies de grands plaquages !

BRINÈS

Enfin, raconte moi cette nouvelle aventure.

OSCAR, *s'emballant.*

Une femme, mon cher, extraordinaire, intelligente et avec ça, romanesque. Tu n'attends pas de moi, j'espère, le récit de nos premières entrevues, ça n'en finirait pas *(tirant sa montre)* et je n'ai plus que dix minutes avant de la recevoir. Sache donc que je suis extrêmement amoureux. Quelle femme, mon ami, quelle femme ! Instruite ! Elle adore follement l'antiquité ; la Grèce ancienne, c'est sa marotte ! Moi, j'abonde dans son sens, tu t'en doutes bien. Lorsqu'elle m'a demandé comment je m'appelais, je fus sur le point de lui répondre : « Oscar Lafigue, Madame ». Mais une pensée m'a traversé le cerveau... Lafigue, ça sonne mal pour une femme qui adore les Grecs ; alors, j'ai cherché..... et j'ai pensé à toi. « Brinès »..... Voilà un nom qui vous a un petit quelque chose d'ancien !... D'ailleurs, lorsque je le lui ai dit, j'ai vu de suite qu'elle était séduite...., là-dessus, j'ai voulu l'emmener à l'hôtel, mais ça lui déplaisait... Alors,je lui ai donné rendez-vous chez moi, et, comme j'avais déjà donné ton nom, je n'ai pas vu d'inconvénient à lui donner ton adresse. Comprends-tu ?

BRINÈS

Très bien. Tu as de la veine, par exemple, que Mouchette soit partie dans sa famille, car si j'avais eu ma maîtresse ici, je n'aurais pas pu te prêter ma chambre.

OSCAR

Je suis un veinard. (*Tirant sa montre*) Dis donc, je ne veux pas te flanquer à la porte. mais si tu voulais t'en aller, tu me ferais rudement plaisir.

BRINÈS, *prenant son chapeau et sa canne, amicalement.*

Je te laisse la place... usurpateur. Heureux coquin, tu en trouveras des amis comme moi, qui te cèderont leur chambre et leur nom, pour faire des fredaines.

OSCAR, *lui serrant la main avec effusion.*

Merci, mon vieux, merci. Je savais qu'avec toi, il était inutile de me gêner... et puis, c'est à charge de revanche, tu le sais.

BRINÈS, *à la porte.*

Allons, au revoir, grand passionné. Bonne chance !

OSCAR

Au revoir, Brinès, au revoir, (*Pris d'une idée subite*). Dis donc, Brinès ?

BRINÈS, *revenant sur ses pas.*

Quoi donc ?

OSCAR, *à mi-voix.*

Les draps sont propres ?

BRINÈS

Ils ont été changés ce matin. Tu as toutes les veines.

OSCAR

Merci... Au revoir.
(*Brinès s'en va*).

SCÈNE II

OSCAR, *seul*

(Il consulte à nouveau sa montre). Dans sept minutes, elle sera là... si elle est exacte au rendez-vous, car avec les femmes, il faut toujours attendre. Elle va encore me parler de l'antiquité, des mœurs et de la vie des Grecs anciens !... Ce qui est embêtant, par exemple, c'est que j'ai totalement perdu souvenance de l'histoire de ces gens-là. *(Il sort un petit livre de sa poche)* Il faut que je la repasse un peu si je veux être à la hauteur de la conversation. (*Lisant la couverture*) Histoire narrative et descriptive de la Grèce Antique. (*Il ouvre le livre au hasard et se met à lire*) Les deux fils d'Œdipe, Etéocle et Polynice se disputaient à qui serait roi de Thèbes. Ce fut Etéocle qui le devint. Polynice s'en alla à Argos. Il y arriva la nuit en même temps qu'un autre exilé ; Thydée, un Etolien ; et devant le palais du roi Adraste, ils se disputèrent. *Oscar a donné des signes d'ahurissement à chacun des noms de ces personnages). (Laissant retomber ses bras)* Nom de Dieu ! Je ne pourrai jamais retenir tous ces noms-là. *(Essayant de se rappeler)* Polytechnique et Loufoque... Non, ce n'est pas ça. (*Regardant son livre*) Polynice et Etéocle..... *(On frappe)*. C'est elle !

(Il porte vivement son livre sur le lit, va s'asseoir dans un fauteuil, prend une pose nonchalante et dit d'une voix mièvre :) Entrez !

SCÈNE III

LA TÉLÉGRAPHISTE, *entrant*

Monsieur Brinès ?

OSCAR, *voyant son erreur*

Ah ! c'est la télégraphiste..... *(A l'employée)* C'est moi, Monsieur Brinès.

LA TÉLÉGRAPHISTE

Pensez-vous ?... Faut pas me la faire ! Je le connais, M'sieu Brinès, je lui ai assez porté de dépêches.

OSCAR

Ah ! vous le connaissez ? Eh bien, je le remplace.

LA TÉLÉGRAPHISTE

Que vous dites, mais je ne suis pas forcée de vous croire.

OSCAR, *vexé.*

Permettez, Mademoiselle, il me semble que ma parole...

LA TÉLÉGRAPHISTE, *lui coupant sa phrase* :

Alors, il n'est pas là, Monsieur Brinès ?

OSCAR

Non. Donnez-moi cette dépêche, je la lui remettrai.

LA TÉLÉGRAPHISTE

Jamais de la vie. D'abord vous avez une binette qui ne me revient pas. Je repasserai. *(Elle va pour sortir).*

OSCAR, *insistant.*

Allons, laissez-moi ce télégramme, *(se fouillant)* je vous donnerai deux sous de pourboire.

LA TÉLÉGRAPHISTE, *en sortant.*

Deux sous ? Ah ! ben zut !... Monsieur Brinès a des amis plutôt râleux. *(Elle sort).*

SCÈNE IV

OSCAR, *seul.*

Je parie que cette dépêche est pour moi. C'est d'elle, parbleu. Elle n'aura pas pu venir, et elle me prévient..... Ah ! nom d'un chien. *(Réfléchissant)* Maintenant, c'est peut-être véritablement Brinès le destinataire. *(Prenant une résolution)* Je vais attendre 1/4 d'heure ; si, passé ce laps de temps, elle n'est pas là, je m'en irai. *(Il reprend son livre. Ouvre au hasard et lit d'un ton maussade)* Castor et Pollux étaient fils du dieu Zeus et de la princesse Léda. Ils étaient venus au monde dans un œuf de cygne *(Haussant les épaules)* Deux gosses dans un œuf ! Il faudra que je raconte ça à ma crémière pour la faire rigoler. *(On frappe) (d'un ton sec)* Entrez !... *(Anne pénètre). (En la voyant, Oscar jette vivement son livre sur le lit et se précipite au devant d'elle)* Vous !... Vous ! ..

SCÈNE V

ANNE

Je suis en retard ?

OSCAR, *galant.*

Au contraire, ma chère Anne

ANNE, *tout en enlevant ses gants et son chapeau*

Vous lisiez, en m'attendant ?

OSCAR, *bébête et souriant.*

Ça vaux mieux que de se manger les ongles !

ANNE

Et que lisiez-vous ?

OSCAR, *embarrassé.*

Moi ?... Le !... La... Rien !

ANNE

Je veux savoir. *(Elle prend le livre qui est sur le lit)* Histoire de la Grèce antique. *(Étonnée)* Comment, vous ne la connaissiez donc pas ?

OSCAR

Moi ? Mais si — sur le bout des doigts. *(Récitant)* Castor et Pollux accouchèrent d'un œuf de cygne que... qui... *(Changeant de ton)* J'avais sorti ce livre pour le donner au petit garçon de ma concierge. Il me l'avait demandé pour apprendre et... *(jetant le livre sur le lit).* Mais, parlons de vous, ma chère Anne, vous voilà près de moi. Comme je vous suis reconnaissant d'être venue à ce premier rendez-vous.

ANNE, *regardant à droite et à gauche.*

C'est gentil chez vous. J'aurais aimé, néanmoins, voir votre petit intérieur arrangé à la grecque.

OSCAR, *à part.*

Ah ! ça y est ! sa marotte !

ANNE

Au lieu de ces fauteuils incommodes et rococos, j'aurais voulu voir de larges divans recouverts de peaux de bêtes.

OSCAR, *souriant.*

La prochaine fois, je...

ANNE, *sans s'occuper de lui.*

Votre lit est un peu haut. Les Grecs se livraient à leurs ébats amoureux sur des couches très basses.

OSCAR, *conciliant.*

Je ferai couper les pieds.

ANNE

Vous n'avez pas le sens de l'antique, comme je le désirerais.

OSCAR

Mais si..... (*Récitant*) Castor et Pollux étaient fils du dieu..... Machin et de la princesse.....

ANNE, *continuant son inspection.*

J'aimerais voir, à la place de cette vieille cheminée, une large vasque dans laquelle un jet retomberait doucement en dégageant une douce fraîcheur dans l'appartement.

OSCAR, *affolé.*

Attendez. Il y a peut-être une cuvette par là.

ANNE

Enfin, je voudrais vous voir nu, sous un péplum.

OSCAR

J'ai un peu de poils sur la poitrine, je vous préviens.

ANNE, *s'emballant.*

Qu'importe ! Vous seriez beau. Vous avez déjà ce profil athénien que j'aime, ce profil de médaille. Votre cou blanc et puissant émergerait des étoffes de lin qui recouvriraient votre corps d'albâtre.

OSCAR, *opinant.*

D'albâtre, c'est le mot !

ANNE, *emballée de plus en plus.*

Je viendrais à vous, enveloppée de gazes légères.

OSCAR, *ahuri.*

De gaz ?..... J'ai déjà l'électricité.

ANNE, *s'attendrissant.*

Ah ! mon cher ami, il faudra que nous nous aimions ainsi. Vous m'avez semblé, lorsque je vous ai connu, adorer follement l'antiquité.

OSCAR, *lyrique.*

Follement. (*Récitant*) Pastor et Collux..... non..... Castor et Pollux étaient.....

ANNE, *l'interrompant.*

Votre nom me plaît. Quel est votre prénom, déjà ?..... Ah ! oui, Oscar ! C'est banal ; je voudrais qu'il eût une consonnance grecque comme : Epaminondas.

OSCAR

C'est un peu long.

ANNE, *sans s'occuper de lui et toute à sa marotte.*

Démétrius..... Tiens, au fait, pourquoi ne vous appellerais-je pas Oscarius ?... Ça vous est égal ?

OSCAR

C'est cela, ma chère Anne, appelez-moi Oscarius. Moi, je vous appellerai..... Annus !!

ANNE, *très emballée.*

Ah ! Oscarius, comme vous avez su me comprendre !

OSCAR, *se rengorgeant.*

Parbleu. (*Montrant ses connaissances*) Castor et Pollux..... (*On frappe*) Hein ?

ANNE, *se dégageant.*

On a frappé ?

(*La voix de l'employé de chez Dufayel*)

Monsieur Brinès, s'il vous plaît.

OSCAR, *criant.*

Il est sorti.

ANNE, *étonnée.*

Comment, il est sorti ?

OSCAR, *vivement.*

Mais non. Je disais cela en manière de plaisanterie. (*Il va ouvrir la porte*). Qui est là ?

SCÈNE VI

L'EMPLOYÉ DE CHEZ DUFAYEL (*entrant*)

C'est Dufayel.

ANNE, *étonnée.*

Dufayel ?

OSCAR, *vivement à Anne.*

Dufayelus !! C'est une vieille maison d'antiquités. (*Bas à l'employé*) Dites donc, vous repasserez.

L'EMPLOYÉ, *très haut.*

Repasser ! Jamais de la vie. C'est la huitième fois que je viens et que vous êtes absent.

OSCAR, *bas.*

Je le suis encore aujourd'hui.

L'EMPLOYÉ, *compulsant ses livres.*

Vous avez deux mois de retard.

OSCAR, *abruti.*

Deux mois de retard. Je ne m'en suis pas aperçu !

L'EMPLOYÉ

Ça fait 28 fr. 20 avec le timbre.

OSCAR, *à part, tirant son portefeuille.*

Je vais les lui donner ; ça sera le prix de la chambre. *(tendant 30 francs)*. Tenez, payez-vous.

ANNE, *s'approchant.*

Qu'avez-vous acheté dans cette vieille maison d'antiquités ?

OSCAR, *vivement.*

Un tas de choses.....

L'EMPLOYÉ, *tout en rendant la monnaie.*

Une bicyclette.

OSCAR, *même jeu.*

Une bicyclette grecque, bien entendu.

L'EMPLOYÉ, *prêt à sortir.*

Je ne sais pas si elle est grecque ; en tout cas, elle est longue à payer. (*En sortant, d'un ton dédaigneux*) Fauché, va !...

SCÈNE VII

ANNE

Ah çà, Oscar, vous moquez-vous de moi ? Les Grecs ignoraient totalement ce moyen de locomotion.

OSCAR

Oui. Mais celle-là date de bien avant les Grecs. On l'a retrouvée dans les ruines de cette fameuse ville..... (*Cherchant*) Pom..... Pompon..... Pompi..... Pompo.....

ANNE

Pompéï.

OSCAR

Oui, Pompéï !... C'est pour cela d'ailleurs que l'on dit, une « pompéï à bicyclette ». (*Changeant de ton*) Mais reprenons notre conversation. Vous m'appeliez Oscarius et vous me disiez que j'avais su vous comprendre.

ANNE, *boudant un peu et tournant le dos.*

Oui, mais cet homme est venu brutalement me rappeler à la réalité.

OSCAR, *tendrement.*

Voyons, petite Anne, petite Annus. (*A part*) Flattons sa marotte. (*Il prend le livre qui est sur le lit et lit au hasard*) Les Grecs étaient chaussés de sandales.

ANNE, *se retournant.*

Pourquoi me dites-vous ça ?

OSCAR, *abruti et dissimulant le livre derrière son dos.*

Moi ?... Je ne sais pas.

ANNE

Je vous ai parfaitement compris. Vous me faites le reproche de ne pas suivre cette ancienne coutume et de m'abandonner à la mode ridicule des grandes bottes.

OSCAR, *conciliant.*

Il ne faut pas vous vexer.

ANNE

Me vexer ? Mais, au contraire. Je suis heureuse de l'idée que vous venez de me suggérer... Déchaussons-nous.

OSCAR

Vous y tenez ?

ANNE

Oui, laissons nos pieds libres de toutes entraves. (*S'arrêtant subitement*) Non. Moi, je ne puis enlever mes bottines. Mes pieds ne doivent pas être souillés par le contact du tapis ; mais, vous, défaites les vôtres.

OSCAR, *à part, obéissant.*

Après tout, ce sera déjà ça de fait.

ANNE, *comme dans un rêve.*

Si je marchais les pieds nus dans de souples sandales, je voudrais fouler des pétales de roses ou des roses à peine effeuillées.

OSCAR, *tout en retirant ses chaussures.*

Oui, pour que les épines nous rentrent dans les pattes ! !

ANNE, *sans l'entendre, d'un ton lyrique.*

Ah ! comme les Grecs savaient vivre simplement et cependant voluptueusement.

OSCAR, *enlaçant Anne.*

Oui, ils savaient... (*Même jeu que précédemment*) Castor et Pollux... (*Changeant de ton*) Ah ! belle Annus, aimons-nous ; aimons-nous à la grecque ; mais aimons-nous !

ANNE, *s'abandonnant.*

Oscarius, je vous adore. Vous me rappelez les héros des jeux olympiques.

OSCAR, *approuvant*

Pique, pique, pique, oui. (*A part*). Seulement,si je reste les pieds à l'air, je vais chiper un rhume de cerveau.

ANNE, *poursuivant son idée.*

Si vous aviez vécu à cette époque, vous eussiez été un champion de la lutte. Votre corps eût été frotté d'huile parfumée.

OSCAR, *inquiet.*

Pourvu qu'elle ne me fasse pas mettre de l'huile d'olive sur la poitrine !

ANNE

Vous vous seriez rué sur votre adversaire.

OSCAR, *approuvant.*

Ah ! oui. Je rue comme un cheval. (*On frappe*).

ANNE, *s'arrêtant.*

On frappe encore.

LA VOIX DE LA BLANCHISSEUSE

Monsieur Brinès, s'il vous plait ?

OSCAR, *criant.*

Il ne nous en reste plus...

ANNE, *étonnée.*

Que dites-vous ?

OSCAR

Rien. C'est une blague. (*Criant*) Attendez, je vous ouvre. (*Remettant ses chaussures*) Votre Oscarius est obligé de remettre ses bottinus pour ouvrir la portas. (*Il ouvre*) Que désirez-vous ?

SCÈNE VIII

LA BLANCHISSEUSE, *entrant.*

Monsieur Brinès, c'est vous ?

OSCAR, *naïvement.*

Non... (*Se souvenant*) Ah ! si, c'est moi.

LA BLANCHISSEUSE

La patronne m'envoie vous porter votre linge.

OSCAR

Elle est bien gentille. Posez-ça sur le lit et partez.

LA BLANCHISSEUSE, *tendant un carnet.*

Voulez-vous contrôler.

OSCAR, *le posant sur le lit.*

C'est inutile, j'ai confiance en vous.

LA BLANCHISSEUSE

Oui, mais,moi pas. Vous pourriez dire après qu'il vous manque quelque chose. (*Elle pose le linge sur le lit*).

OSCAR, *à Anne, voulant s'excuser.*

C'est mon peplum que j'ai fait laver.

ANNE

Vous auriez pu vous arranger pour que cette fille vienne un autre jour.

LA BLANCHISSEUSE

Allez, vérifiez, 3 chemises, 5 faux-cols, 2 caleçons, 4 paires de manchettes.

OSCAR, *résigné, veut prendre le carnet, mais il se trompe et prend le livre d'histoire grecque. Il lit.*

Priam, roi de Troie, dit à la belle Hélène... (*Voyant son erreur*) Ah ! non, je me trompe.

ANNE, *se retournant, subitement intéressée.*

Que dites-vous ?

OSCAR, *vivement.*

Je donne une leçon à cette enfant (*d'un ton sévère à la blanchisseuse*). Vous entendez : Le roi de Troie dit à la belle Hélène : 3 chemises, 5 faux-cols, 2 caleçons, 4 paires de chaussettes. (*La poussant vers la porte*) Allez, filez !

LA BLANCHISSEUSE

Et le linge sale ?

OSCAR

Vous passerez le chercher demain. (*Il va retrouver Anne*).

LA BLANCHISSEUSE, *revenant.*

Ah ! j'oubliais !

OSCAR

Quoi donc ?

LA BLANCHISSEUSE

La patronne m'a dit de vous dire qu'on ne pouvait plus prendre vos caleçons. Ils sont en loques et le fond reste dans le main en les lavant. (*Elle sort*).

OSCAR, *allant fermer la porte, très en colère.*

Ça va... ça va...

SCÈNE IX

Un temps. Oscar revient près d'Anne.

Chère amie...

ANNE

Laissez-moi.

OSCAR

Vous êtes fâchée ?

ANNE

Cette histoire de caleçons troués est ridicule.

OSCAR

Ce ne sont pas les miens.

ANNE

Ce ne sont pas les vôtres ?

OSCAR

Non... si..... (*s'embrouillant dans son explication*). Ce sont des caleçons que j'avais fait trouer à la grecque, pour avoir de l'air.

ANNE

Que dites-vous là ?

OSCAR, *abruti.*

Je ne sais pas. (*Changeant de ton*) Parlons de nous. Anne, je vous en prie, chassez de votre pensée cette importune visite. (*Tendre*) Ne suis-je pas votre héros des jeux olympiques, piques, piques ? N'êtes-vous plus mon Annus adorée ? (*Voulant la séduire en voyant son silence*) Voulez-vous que je retire mes bottines ?

ANNE, *retrouvant son sourire.*

Non, c'est inutile.

OSCAR, *pressant.*

Le lit nous tend ses bras. Ne voulez-vous pas, cher ange, que nous goûtions aux délices de l'amour.

ANNE

Non, pas aujourd'hui. Ces intermèdes m'ont enlevé tout désir.

OSCAR, *à part.*

C'est bien ma veine. (*S'empressant*) Est-il possible que vous soyez aussi cruelle ?

ANNE

Je viens de réfléchir. Je ne veux pas me donner à vous dans votre appartement.

OSCAR

C'est çà. Allons à l'hôtel.

ANNE

Non ; pas à l'hôtel.

OSCAR

On ne peut pourtant pas dans la rue.

ANNE, *reprise par son idée.*

Je veux que vous louiez une chambre spécialement pour me recevoir. Une chambre que vous meublerez selon mon désir.

OSCAR

A la grecque, bien entendu.

ANNE

C'est cela. Au milieu, vous ferez poser une couche basse. Pas d'autres meubles. Par terre, des peaux de tigres, des peaux de chèvres.....

OSCAR, *à lui-même.*

..... des peaux de balles...

ANNE

A la place de la table de nuit, vous mettrez un immense brûle-parfums.

OSCAR, *allant à la table de nuit.*

C'est entendu. Un brûle-parfums.

ANNE

Dans lequel nous ferons brûler de la myrrhe, de l'encens, du benjoin.

OSCAR, *ouvrant la porte de la table de nuit et prenant machinalement le vase*

C'est ça ; nous brûlerons du byrrh, de l'essence, du machin. (*S'apercevant qu'il tient le vase de nuit, il le rentre précipitamment dans la table*).

ANNE, *lyrique.*

Alors, dans cette demi-obscurité, dans la fumée des aromates, je me donnerai à vous comme jadis Chrysis.. (*On frappe*).

OSCAR

Encore..... Ah ! la barbe !

LA VOIX DU PLOMBIER

C'est le plombier.

OSCAR, *criant.*

Le plombier nous em..... bête....! Vous repasserez.

LA VOIX DU PLOMBIER

Je ne peux pas. Je n'ai pas le temps.

ANNE, *refroidie.*

Ouvrez.

OSCAR, *accablé.*

Soit. Je vous obéis. (*Il ouvre la porte*) Qu'est-ce que vous voulez ?

SCÈNE X

LE PLOMBIER, *entrant*

Soir. ... M'sieur... Dame !..... Je viens pour la fuite.

OSCAR

La fuite ?

LE PLOMBIER

La fuite d'eau dans vos cabinets.

OSCAR, *à part, navré.*

C'est charmant. (*Au plombier*) Allez vite voir ça et laissez-nous tranquilles.

LE PLOMBIER, *familier.*

Ayez pas peur. Je ne serai pas long. On connaît son métier.

(*Il sort par une petite porte. Oscar l'accompagne*)

OSCAR, *revenant,* (*à part*)

Si Brinès m'avait prévenu que les waters fuyaient !!

ANNE

Décidément, vous recevez trop de monde et je ne peux que me féliciter de n'avoir pas cédé à vos sollicitations.

OSCAR, *vivement.*

J'ai d'autres relations. (*Galant*) Si vous le voulez, chère amie, nous allons laisser cet ouvrier, et nous irons ailleurs passer cette fin d'après-midi.

ANNE

Non. J'en ai pris mon parti. Je resterai près de vous. Nous causerons.

OSCAR

C'est ça..... Des Grecs, bien entendu.

ANNE

Oui. Je voudrais tant que vous aimiez leurs mœurs et leurs coutumes comme je les aime. Que n'ai-je vécu à leur époque ? Il y a deux femmes en moi, voyez-vous.....

OSCAR, *regardant.*

Non, je ne vois pas.

ANNE, *sans l'entendre.*

Une femme extérieure et une femme intérieure.

OSCAR, *machinalement.*

Il n'y a plus de places à l'intérieur.

ANNE, *même jeu*

La femme extérieure porte les costumes et suit les usages imposés par les modes successives de son temps, tandis que la femme intérieure vit librement, nue sous des voiles.

OSCAR

Je voudrais bien voir celle-là.

ANNE

Comparez la différence de vie de notre époque avec celle des Anciens. (*S'emballant*) Voyez comme ces gens avaient compris l'existence, comme toutes les petites choses matérielles ne les intéressaient pas. Leur vie n'était qu'une longue consécration à Eros vainqueur !

LE PLOMBIER, *entrant.*

Ça y est, c'est arrangé. Ce n'était rien. Seulement, ne tirez pas trop fort sur la chaîne, c'est ce qui occasionne les fuites.

OSCAR, *navré.*

C'est entendu, filez. (*Lui tendant une pièce*) Tenez, voilà cinquante centimes. (*Il le pousse vers la porte*).

LE PLOMBIER

Merci, Monsieur. (*Revenant*) Dites donc, encore un conseil, ne jetez pas trop de papiers dans vos cabinets, ça bouche le plomb et ça empêche l'écoulement. Après ça, la camelote surnage et on se plaint que ça sent mauvais dans l'appartement.

OSCAR, *le flanquant à la porte, très en colère.*

Ça va... ça va !

LE PLOMBIER, *avant de sortir*

Dites donc, j'ai trouvé un bout d'éponge... Je l'ai mis de côté.

SCÈNE XI

(*Un léger temps*)

OSCAR, *revient à Anne et, la voyant bouder, il se dit à lui-même.*

C'est le coup de grâce ! (*Voulant la reconquérir d'un ton lyrique*) Eros vainqueur !... (*Un temps*) Le brûle-parfums !... (*Un autre temps*) Castor et Pollux...

ANNE, *étonnée.*

Qu'est-ce qui vous prend ?

OSCAR, *idiot.*

Je me le demande.

ANNE, *ironique.*

Attendez-vous encore beaucoup de visites, aujourd'hui ?

OSCAR

Je ne pense pas.

ANNE

Je crois qu'aucun amour, aussi brûlant fût-il, n'eût résisté à ces douches successives.

OSCAR, *soliloquant.*

Mon Dieu ! Mon Annus a reçu des douches !

ANNE

Non, je n'ai plus le courage de rester ici. Après la blanchisseuse, le plombier... qu'allons-nous avoir ? Passez-moi mon chapeau, je vais partir.

OSCAR, *pressant.*

Partir ? Est-ce possible ?... Non, vous ne ferez pas cela ? Anne !... Annus... Réfléchissez. Si vous me laissez seul, je suis capable de succomber de désespoir ! Vous entendez ? Oui, je suis capable de me donner la mort .. à la grecque, bien entendu.

ANNE, *affolée.*

Mon Dieu ! Vous boiriez la coupe empoisonnée ?

OSCAR

Non. Je prendrai mon browning.

ANNE

Votre browning ? Et vous appelez ça mourir à la grecque ?

OSCAR

Réflexion faite, je préfère ne pas me tuer.

ANNE, *emballée à nouveau.*

Oh ! si. Je voudrais vous voir boire la ciguë et mourir à la manière de Socrate.

OSCAR, *ahuri et approuvant.*

Oui, oui. *(Voulant discuter)* A mon avis, il a eu tort de faire ça.

ANNE, *lyrique.*

Oscarius, comme je vous aimerais si vous mouriez devant moi d'une façon aussi noble.

OSCAR, *embêté.*

Si vous le voulez, on va jouer à autre chose.

ANNE, *sans l'écouter.*

Vous avez de la ciguë, ici ?

OSCAR, *vivement.*

Non. J'ai fini le reste, hier soir.

ANNE

Ça ne fait rien. Vous boirez autre chose... Du laudanum. Ou alors... *(Réfléchissant)* Oh oui ! *(Prise d'une idée subite)* Vous allez vous couper les veines dans votre bain.

OSCAR, *à part, très embêté.*

J'ai eu tort de mettre la conversation sur ce sujet. *(S'adressant à Anne)* D'abord, je n'ai qu'une cuvette.

ANNE

Et bien, vous ferez ça sur le lit.

OSCAR

Oui. Faisons ça sur le lit.

ANNE, *toujours à son idée.*

J'ai une autre idée.

OSCAR, *vivement.*

Tant mieux, tant mieux.

ANNE, *d'un ton péremptoire.*

Vous allez vous déshabiller.

OSCAR

Pourquoi faire ?

ANNE

Je veux vous voir habillé en Grec.

OSCAR

Mais le costume ?

ANNE, *défaisant le lit.*

Vous allez vous mettre nu et vous vous envelopperez dans les draps.

OSCAR, *embêté.*

On va bien rigoler !

ANNE

Et lorsque vous serez ainsi vêtu, vous viendrez vous étendre sur le lit où vous vous couperez les veines pendant que j'effeuillerais des roses.

OSCAR, *faisant la grimace.*

Vous avez rudement de bonnes idées... Dites donc, si nous changions de rôles... Je sais très bien effeuiller les roses, tandis que...

ANNE, *sévère.*

Me refuseriez-vous cette satisfaction ?

OSCAR, *s'inclinant.*

Je me couperai tout ce que vous voudrez !

ANNE

Vous prononcerez mon nom en mourant. Ce sera doux. Et moi, je dénouerai ma chevelure et la sacrifierai sur votre cadavre.

OSCAR, *atterré.*

Bon Dieu, ce qu'on va rigoler !

ANNE

Ne perdez pas votre temps. Enlevez votre veston.

OSCAR, *l'enlevant.*

Vous y tenez ?

ANNE, *lui tendant un drap.*

Allez vous habiller par là. *(Elle le pousse vers une porte)* Et revenez-moi en héros de l'antiquité. Comme je vais vous aimer, Oscarius.

OSCAR, *complètement abruti.*

Si je suis mort, ça me fera une belle jambe!

SCÈNE XII

ANNE, *seule.*

Préparons le lit pendant qu'il s'habille. (*Elle recouvre le lit avec la couverture*). (*Voyant des fleurs sur la table de toilette*). Semons des pétales de fleurs ! (*Elle les effeuille sur le lit*). Quel dommage qu'il n'y ait pas de brûle-parfums ! (*Devant la table de toilette*) Qu'importe, il y a des flacons. (*Elle en prend un, et lit l'étiquette*) Fougère royale ! (*Elle asperge le tapis avec le contenu de ce flacon*). *Même jeu pour un second)* Cœur de demi-vierge ! (*Elle en prend un troisième*) Brillantine. *(Elle le vide également sur le tapis*). (*S'asseyant*) L'atmosphère est déjà plus douce.

SCÈNE XIII

MOUCHETTE *ouvre la porte. Elle est en tenue de voyage.*

Je suis éreintée. (*Elle aperçoit Anne, et laisse tomber sa valise*) Une femme ici ? (*S'approchant*) Qu'est-ce que vous faites là, vous ?

ANNE, *rêveuse.*

Je prépare la mort d'Oscarius.

MOUCHETTE, *en colère.*

Est-ce que vous vous payez ma tête ?

ANNE, *revenant à la réalité.*

Madame...

MOUCHETTE

Allez-vous me dire ce que vous faites là, oui ou non ?

ANNE

Cela ne vous regarde pas.

MOUCHETTE, *se montant.*

Ah ! vraiment ! Vous êtes chez moi, vous entendez, chez moi.

ANNE

Vous êtes folle. Je suis chez M. Brinès, mon ami et bientôt mon amant.

MOUCHETTE, *éclatant.*

Ah ! le chameau ! Il me trompe.

ANNE

Il vous trompe ?

MOUCHETTE

M. Brinès est mon amant depuis un an, m'entendez-vous ? (*Furieuse*) Parbleu, je comprends pourquoi, malgré ma dépêche, il n'est pas venu me chercher à la gare ; il recevait ici, dans notre chambre, une fille de joie.

ANNE

Vous m'insultez, Madame.

MOUCHETTE, *au paroxysme de la fureur.*

Oui, je vous insulte et je vais vous casser la figure. (*Elle se jette sur Anne et la prend par les cheveux*). Tiens, garce.

ANNE, *se débattant et frappant à tort et à travers.*

Quelle harpie !

(*Elles poussent des cris*)

SCÈNE XIV

OSCAR

OSCAR *revient.* (*Il est en caleçon. Ses chaussures sont toujours délacées. Il se campe majestueusement dans le drap de lit*). Voilà votre héros antique, tique, tique. (*Voyant la bataille de femmes. S'interposant*) Les Grecques ne se crêpaient pas le chignon. (*Elles s'arrêtent*). (*Oscar reconnaissant Mouchette*) Mouchette !

MOUCHETTE, *le voyant.*

Monsieur Lafigue ? Que faites-vous là ?

ANNE, *étonnée.*

Lafigue ?

OSCAR, *vivement à Anne.*

Lafigue ! C'est un surnom. (*A Mouchette*) Mouchette, je viens me tuer à l'antique, tique, tique.

MOUCHETTE, *hébétée.*

Il est fou !

OSCAR, *hurlant.*

Qu'on m'apporte la baignoire empoisonnée afin que je me coupe les veines avec de la ciguë !

ANNE

Comme il est beau !

OSCAR, *continuant à déclamer.*

Que l'on fasse brûler Castor et Pollux dans le brûle-parfums...

MOUCHETTE

Il me fait peur.

OSCAR, *même jeu.*

Que l'on effeuille des roses dans les caleçons troués !

ANNE

Que dit-il ?

MOUCHETTE

Que signifie cette comédie ?

OSCAR, *même jeu.*

Que l'on fasse déboucher le plomb des cabinets par Eros vainqueur !

ANNE, *suppliante.*

Je vous en prie, Monsieur Brinès, revenez à vous.

MOUCHETTE

Monsieur Brinès ? Lui ?... Vous êtes folle. C'est Monsieur Oscar Lafigue.

ANNE

Oscar Lafigue ?

OSCAR

Oui, belle Annus, Oscarius Lafigus... Rue Picpus...

ANNE, *atterrée.*

Il s'appelle Latigue !... J'allais me donner à un homme qui s'appelle Latigue !

OSCAR

Vous donner ? Vous en avez de bonnes ! Vous vouliez chatouiller mon cadavre avec vos cheveux... et, c'est ça que vous appelez vous donner !

ANNE, *prenant son chapeau.*

Je pars. Je ne puis plus longtemps supporter l'idée qu'un homme portant un nom aussi vulgaire ait failli faire de moi, sa maîtresse.

OSCAR

Alors, c'est mon nom que vous aimiez. (*D'un ton faussement douloureux*). Partez, Madame. Vous n'aurez pas Latigue dans votre compotier. (*Anne se gante*).

MOUCHETTE

Mais que devient mon amant, dans cette histoire ?

OSCAR

Mouchette, j'ai emprunté son nom et sa chambre.

MOUCHETTE

Vous avez un fameux culot.

OSCAR, *riant.*

Oui, car maintenant je vais emprunter sa femme.

MOUCHETTE

Vous voulez rire ?

OSCAR

Oui, je veux rire. Laissez partir cette femme antique, tique, tique, et faisons l'amour... à la moderne !

RIDEAU

Saint-Amand (Cher). — Imp. A. CLERC

www.ingramcontent.com/pod-product-compliance
Ingram Content Group UK Ltd.
Pitfield, Milton Keynes, MK11 3LW, UK
UKHW022139260726
13993UKWH00005B/2041